Colección libros para soñar
Dirigida por Xoán Couto y Xosé Ballesteros

Campiño de Santa María 5, 36002 Pontevedra
Telefax: 986 86 02 76
E-mail: kalandraka@oninet.es
http: www.kalandraka.com

Primera edición: febrero, 1.999
Depósito Legal: Po-50/99
I.S.B.N.: 84-95123.34.7
Diseño gráfico: Macu Fontarigo
Preimpresión: Publito
Impresión: Tilgráfica

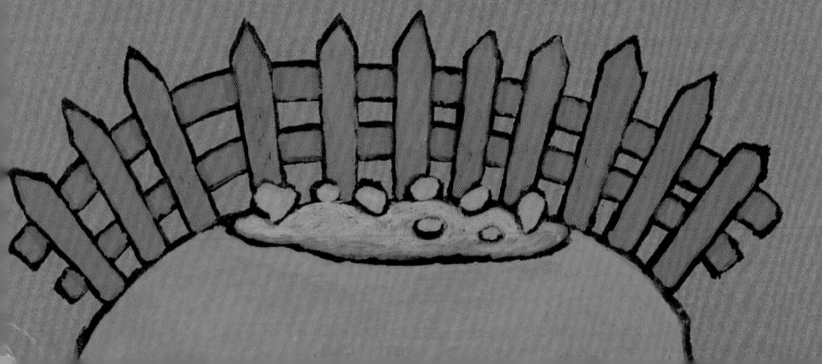

Cuento popular portugués

adaptado por Xosé Ballesteros e ilustrado por Óscar Villán

El pequeño conejo blanco

KALANDRAKA

Érase una vez un pequeño conejo blanco.
Un día fue a buscar coles a la huerta
para hacer un caldo.

Cuando el pequeño conejo blanco volvió a su casa,
se encontró con la puerta cerrada y llamó.
– ¿Quién es? -preguntó un vozarrón desde dentro.
– Soy yo, el conejito blanco,
que vengo de coger coles y voy a hacer un caldo.

—Pues yo soy la cabra cabresa
y, si no te vas, saltaré encima de tu cabeza.

El pequeño conejo blanco escapó de allí,
corriendo muy deprisa.

Andando, andando, el pequeño conejo blanco
se encontró con un buey y le pidió ayuda.

— Yo soy el conejito blanco y fui a coger coles a la huerta.
Volví a mi casa para hacer un caldo,
pero en ella está la cabra caburra
y, si me salta encima, me despanzurra.
¿Quieres venir conmigo?

— Yo no, yo no voy
porque tengo miedo -dijo el buey
mientras se iba.

El pequeño conejo siguió andando y se encontró con un perro.

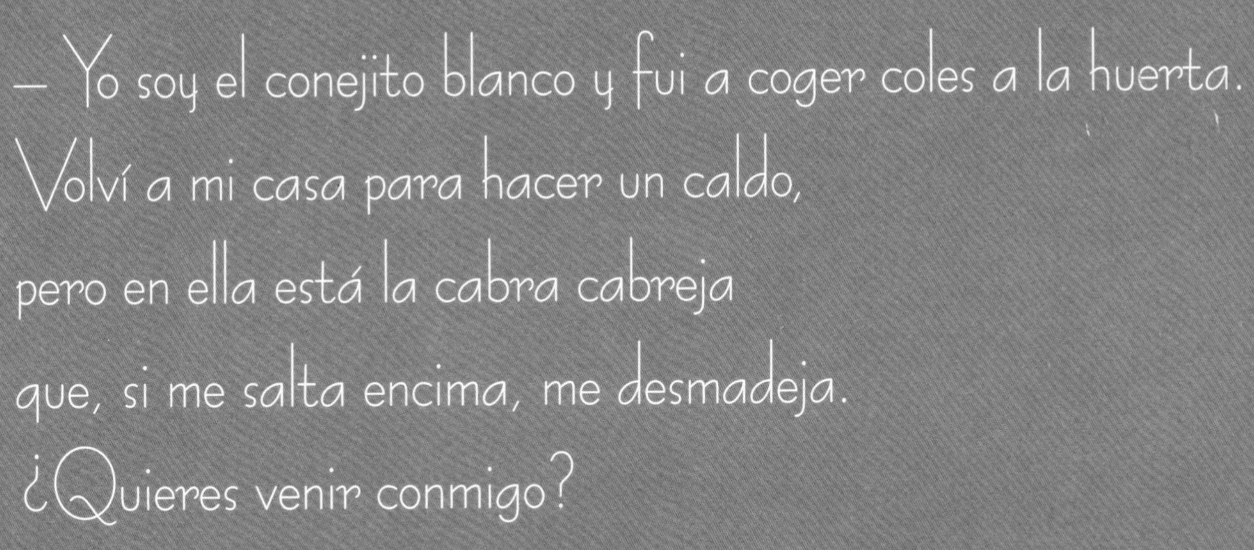

— Yo soy el conejito blanco y fui a coger coles a la huerta.
Volví a mi casa para hacer un caldo,
pero en ella está la cabra cabreja
que, si me salta encima, me desmadeja.
¿Quieres venir conmigo?

— Yo no, yo no voy
porque tengo miedo -dijo el perro
mientras se iba.

El pequeño conejo blanco siguió andando, andando,
y se encontró con un gallo.
—Yo soy el conejito blanco y fui a coger coles a la huerta.
Volví a mi casa para hacer un caldo,
pero en ella está la cabra cabrilla
que, si me salta encima, me estampilla.
¿Quieres venir conmigo?

— Yo no, yo no voy
porque tengo miedo -dijo el gallo
mientras se iba.

El pequeño conejo continuó andando, cada vez más triste, ya sin esperanza de poder volver a su casa.
Pero se encontró con una hormiga, que le preguntó:
– ¿Qué te ocurre conejito blanco?

— Que fui a coger coles a la huerta
y volví a mi casa para hacer un caldo,
pero en ella está la cabra cabruja,
que, si me salta encima, me apretuja.

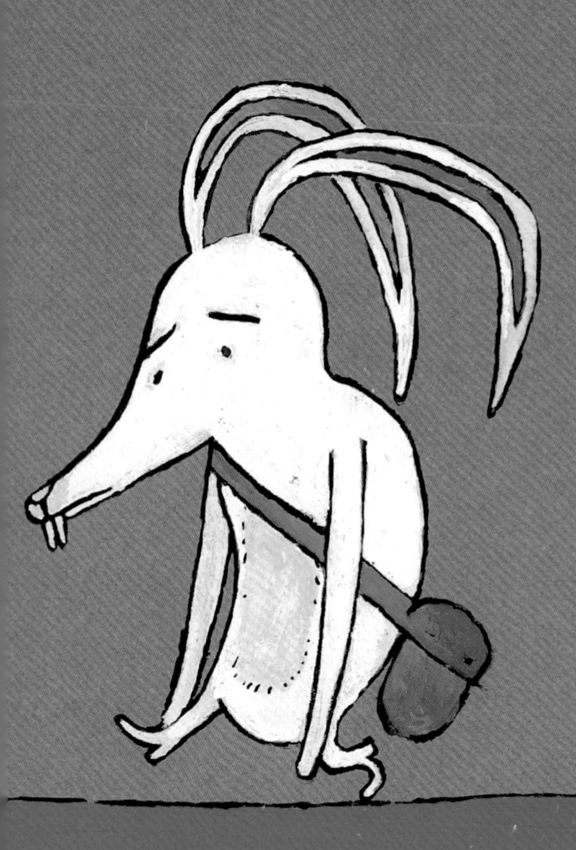

—Pues voy contigo -dijo la hormiga-.
Yo no le tengo miedo a una cabra caprina.
Y los dos se encaminaron hacia la casa del conejito.
Y llamaron a la puerta.
—Aquí no entra nadie -dijo un vozarrón desde dentro-.
Ya está la cabra cabresa y, si no os vais rápido,
os saltaré encima de la cabeza.

¡TOC TOC TOC!

Pero la hormiga le contestó:
– Pues yo soy la hormiga rabiga
y, como no abras, te picaré en la barriga.

A la cabra cabrisa le dio un ataque de risa.

Así que, la hormiga rabiga
entró por el agujero de la cerradura,
se acercó a la cabra y, ¡zas!,
le picó con fuerza en la barriga.
La cabra escapó como un cohete, diciendo:
– Yo soy la cabra cabresa y a esta casa no vuelvo
porque no me interesa.

La hormiga rabiga
le abrió la puerta al pequeño conejo blanco.
Con las coles prepararon un sabroso caldo
y lo comieron,
y a mí no me dieron
porque no quisieron.